HISTOIRES NATURELLES

PAR UN MEMBRE
DE PLUSIEURS SOCIÉTÉS SAVANTES

ILLUSTRATIONS de E. FROMENT

PARIS
A. DROUIN, LIBRAIRE-ÉDITEUR
28, Rue Jacob, 28

1883

HISTOIRES NATURELLES

TIRÉ A 500 EXEMPLAIRES

50 sur Japon. Nos 1 à 50

450 sur Hollande. Nos 51 à 500

No ....

Héliogravure A. Storck Lyon

HISTOIRES

NATURELLES

PAR UN MEMBRE

DE PLUSIEURS SOCIÉTÉS SAVANTES

ILLUSTRATIONS de E. FROMENT

PARIS

A. DROUIN LIBRAIRE-ÉDITEUR

28, Rue Jacob, 28

1883

PRÉFACE

PRÉFACE

Ceci n'est point livre de jeune fille,
Il est douteux qu'on le lise en famille,
Les soirs d'automne aux veilles du château
Mais l'encre est fine et le papier, fort beau,
Plus riche encor par ses marges honnêtes.
Puis on y voit d'adorables vignettes
Qui font honneur à son illustrateur,
Pour tout cela qu'on pardonne à l'auteur.

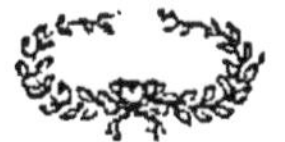

LE DOREUR

LE DOREUR

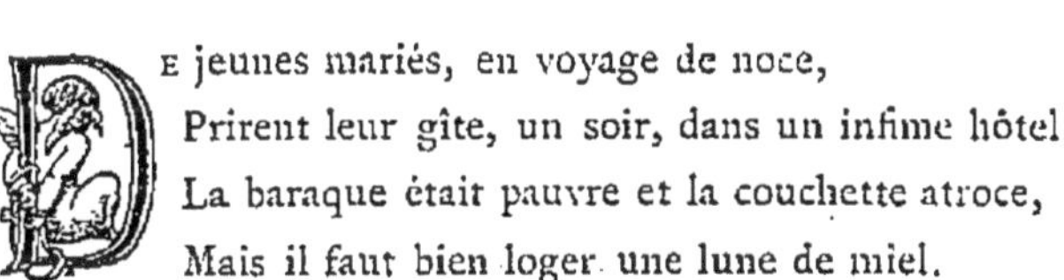

De jeunes mariés, en voyage de noce,
Prirent leur gîte, un soir, dans un infime hôtel.
La baraque était pauvre et la couchette atroce,
Mais il faut bien loger une lune de miel.
Ils n'avaient pas le choix, d'ailleurs ; puis c'est la lune
Qui prend le mieux son parti de son lit,
Pourvu qu'elle se couche au plus tard à la brune
Et se lève au plus tôt lorsque le soleil luit.
Le logis indiqué, l'hôtesse se retire;
Nos amants aussitôt ferment à double tour,
Et puis de s'embrasser, de soupirer, de rire;
De jouer de concert le duetto d'amour,
Sans penser un instant que les cloisons sont minces.
Ils vont leur train, ce sont des oh ! et puis des ah !

Des : Mon ange !.. Trésor !.. Pas si fort, tu me pinces ! !
Oh ! mais... mais... mon chéri, qu'est-ce que tu fais là ?
Pour qu'en pareille conjoncture
Femme songe à poser pareille question
Il faut vraiment que la dissimulation
Soit une seconde nature.
Je dois du reste déclarer
Qu'il n'y fut fait nulle réponse.
Libre à vous de conjecturer,
Pour moi, d'autant mieux j'y renonce
Qu'après un court silence, en la nuit enivrante,
On entendit : Ah ! je te le ferai dorer !
Toutefois une voix mourante
Avait à peine ainsi fini de soupirer
Que trois coups sont frappés à la porte branlante.
C'est un voisin, las de jurer
Contre les amoureux et contre leur musique.
« Qu'est-ce ? quoi ? s'exclament en chœur
Les deux époux pris de panique.
— Eh bien ! parbleu, c'est le doreur ! »

RÉCIT BIBLIQUE

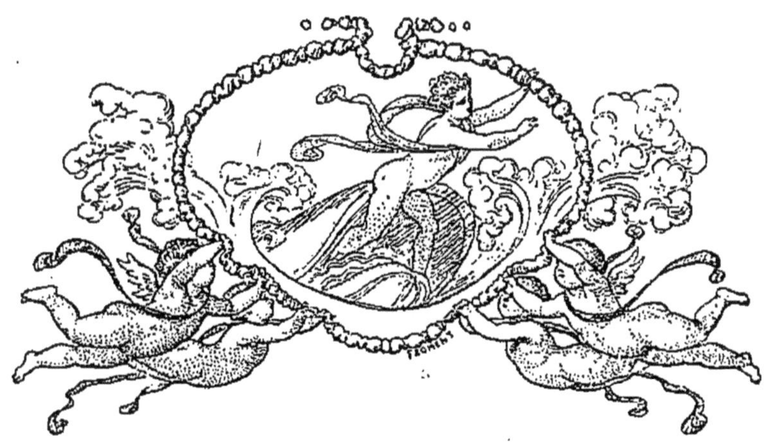

RÉCIT BIBLIQUE

—

LA dame dont je vais vous parler n'était pas
De celles dont l'histoire a noté chaque pas.
Qu'elle ait orné les bords de la Saône ou de l'Oise,
Peu me chaut ! En un mot, c'était une bourgeoise
Comme on en voit beaucoup tant au midi qu'au nord.
Rien dans son apparence et rien dans son abord
Ne l'eût fait distinguer de Madame une telle
Que nous connaissons tous, hormis que notre belle
Avec un air gaillard portait ses quarante ans.
Elle était fraîche encore, d'un entêté printemps,
L'œil humide, le nez à l'aile frissonnante,
La lèvre épaisse et rouge et la gorge abondante ;

Ses cheveux, signe grave ! étaient bas sur le front,
Crépelés, noirs et lourds, de ceux qui se défont
D'eux-mêmes, pour voiler la pudeur chancelante.
Pour mûre qu'elle était, en somme appétissante,
Elle plaisait à ceux qui ne se frappent point
D'un excès d'incarnat ou d'un peu d'embonpoint.

Son époux en mourant, attention discrète !
Avait laissé, dit-on, une lourde cassette
Où Claudine puisait de quoi se consoler
Sans se mettre en servage à nouveau. Convoler
Sourit peu d'ordinaire à veuve aux lourdes tresses
Qui se sent plein le cœur d'effluves, de tendresses,
A réchauffer le monde en leur intensité
Et vous iriez sur ces élans de charité
Jeter un monopole !...

Or, Claudine en sa ville
Avait un poste à part, délicat mais utile :
Chez elle, l'on dansait chaque semaine un soir,
Chez elle se voyaient ceux qui se voulaient voir ;
Et quels sont les mortels qui, gambadant encore
Du coucher du soleil au lever de l'aurore,
Font, sous couleur de valse, échange de serment ?
Ce sont des amoureux incontestablement.
Les rendez-vous ayant lieu sous l'œil des familles,
Les mères, sans scrupule, y conduisaient leurs filles,
Et de ce gai salon, sortait maint dénouement
Qui faisait deux heureux, sans compter la maman.

*
* *

Mais pourquoi ces soucis, ce fréquent sacrifice ?
Dans quel but ce métier ? Qu'était le bénéfice ?
Claudine ne comptait pas dans son personnel
Rien que des hommes prêts au... repos éternel.
Elle avait en réserve, en femme prévoyante,
Une troupe à l'hymen encore indifférente ;
C'était son fonds : polkeurs aux robustes jarrets,
Intrépides valseurs ignorant les arrêts,
Et de tout jeunes gens, frais sortis du collége,
De ce ballet formaient l'éblouissant cortége ;
On le nommait le clan de ses petits profits ;
Il était composé d'Adonis, de beaux fils,
Couvés jusqu'à ce jour sous l'aile tutélaire
Des mamans, et, s'il faut décéler le mystère,
Je dirai, sur la foi de quelques mécontents,
Que Claudine, malgré ses quarante printemps,
Conservait un goût vif pour les tendres paroles
Que fait éclore Avril. Epîtres, barcarolles,
Avec leur mobilier ordinaire : soupirs,
Lac aux ondes d'argent, pâquerettes, zéphyrs,
Guitares, ciel d'azur, hirondelle légère
Ramenant les amours en sûre messagère,
Avaient le don charmant de jeter dans son cœur
Des extases sans nom, d'ineffable langueur.
Le bleu, le bleu surtout, exerçait sur son âme,

Le même effet qu'au beurre une puissante flamme,
La pauvre âme fondait, à la lettre, et les yeux
Qui décelaient ce triste état, levés aux cieux,
Paraissaient y quérir une onde bienfaisante
Qui modérât l'effet de la teinte grisante.
Oh ! ces bleus ! Et notez que le logis secret
De dame Claude était tendu d'un bleu discret,
Pâle comme un bleuet, doux comme une pervenche,
Voire idéalisé par une gaze blanche,
Si légère vraiment qu'on eût dit sur l'azur
Du ciel une vapeur qui le rendrait plus pur.
Vous comprenez par là que ces revêtements
Exaltant chaque jour ses tendres sentiments,
Ce n'aurait plus été pour Claudine une vie :
Mais bien, à proprement parler, un incendie,
Sans le moindre pompier pour éteindre le feu,
Si les beaux fils n'avaient été... pompiers du bleu !

Mais la dame tenait aux égards de son groupe.
Son choix ne s'égarait pas dans la jeune troupe,
Destinée aux polkas et vaillante à l'assaut ;
Jamais son coup d'œil sûr ne tomba sur un sot,
Dont d'indiscrets aveux l'eussent pu compromettre ;
Elle n'eût point voulu davantage d'un maître.
Elle faisait son siège avec attention,
Minaudait, attirait, puis en compassion
Du trouble qu'elle avait, dans ces âmes candides,
Jeté, sans le vouloir ! leur parlait de ses rides,
Et ne manquait jamais d'ajouter : « Mais, vraiment,

Mon enfant, je pourrais vous servir de maman !
Ne parlons plus de ça ; je serai votre amie ;
Et si vous rencontrez quelque belle ennemie
Qui d'un trait empenné vous frappe droit au cœur,
Vous viendrez dans mon sein verser votre douleur.
C'est dit : embrassez-moi, mon mignon petit frère,
Cher enfant ! » Et l'enfant naïf se laissait faire,
Et le baiser était si doux, si fraternel,
Qu'il allait finissant en serment éternel,
En long soupir confus, et la fine commère,
Mains jointes, demandait le silence à son frère !

Tel était le tableau de ses petits romans,
Ce qui n'empêchait pas que toutes les mamans
Indiquaient son salon comme une des écoles
Qui donnaient, à coup sûr, bon ton aux têtes folles.
Et l'on peut dire, en fait, que Claudine n'offrit
Dans toute sa carrière, à personne, un mari
Qu'elle n'eût bien jugé dans sa sagesse mûre,
Un époux éprouvé, dont elle ne fût sûre !

*
* *

Or il advint ceci : qu'au bataillon dansant,
Un jour, fut introduit un grave adolescent.
Destiné par les siens aux fonctions sacrées,
Il voulait voir le monde, en deux ou trois soirées,
Pénétrer ses plaisirs et leur inanité

Pour les battre plus tard en toute sûreté !
C'était un beau gaillard, le tendre néophyte ;
Il se nommait Armand, sa mine un peu confite
Lui donnait du piquant ; Paul, un de ses amis,
Au soin de l'amener avait été commis.
Mais lorsqu'elle aperçut ce gibier des plus dignes,
Claudine ne fut pas longue à jeter ses lignes,
Et friande, charmante, attisant ses appas,
Vint s'asseoir près du saint, puisqu'il ne dansait pas.
Et celui-ci troublé sous son austère écorce,
Détournait vainement ses regards de l'amorce,
Les charmes opéraient, et supputant les coups
De l'inégal duel, Paul riait en dessous.

Cependant les amis quittèrent, à l'aurore,
Les salons que la foule envahissait encore.
Paul jusqu'à son logis revint avec Armand,
Lui dit qu'on le trouvait, en vérité, charmant,
Qu'on n'aurait jamais cru qu'à si juste réserve,
Pût s'unir tant d'entrain et de modeste verve,
Que la dame du lieu l'avait pris à l'écart
Et l'avait instamment chargé d'en faire part
A qui de droit : « Un mot, et je me sauve vite ;
Ne manque pas demain de faire ta visite.
C'est peut-être un peu tôt, mais tes jours sont comptés,
Car bientôt pour jamais tu nous auras quittés :
Nous ne te verrons plus que sous l'auguste toge
Qui fit trembler les rois, l'empereur et le doge.
Chez notre aimable hôtesse arrive sur le soir,

De m'y trouver aussi je te donne l'espoir ;
Repose-toi pourtant et sois de bonne mine. »
Il dit et laisse Armand et chez lui s'achemine.

Notre éphèbe, en dépit de sa vocation,
Dut rêver femme, bal et conversation.
Bref ! comptant rencontrer Paul à l'heure prescrite,
Chez Madame Claudine il rendit sa visite...
Et, dès lors, je n'ai plus de document certain.

On m'a dit seulement qu'au lendemain matin
Paul rencontrait Armand, errant seul, un peu pâle.
Il semblait tout à fait perdu dans un dédale
De pensers étouffants. Le monde extérieur
Pour lui n'existait plus, et sur son front, rieur
D'ordinaire, deux plis traces d'affreux soucis
Coupaient de noirs sillons la ligne des sourcils.
Ses lèvres s'agitaient rapides, frémissantes,
Son regard était fixe et rempli d'épouvantes ;
Il allait à grand pas, sans but évidemment,
Paul s'approcha : « C'en est fait, murmurait Armand ;
Oh ! mes prochains serments ! Quels combats ! quelle femme !
Délivre-moi, grand Dieu ! des tourments de mon âme !
Vade retro ! Pitié quand tu me jugeras,
Seigneur ! » Ce fut alors que, le prenant au bras,
Paul fit sur lui l'effet de tête de Méduse :
« Eh bien ! mais tu deviens fou, si je ne m'abuse.
— Oh ! cette femme ! — Eh quoi ! Qu'est-ce ! Joseph ? — Hélas !
Répond Armand navré, non, mon ami....... Jonas ! »

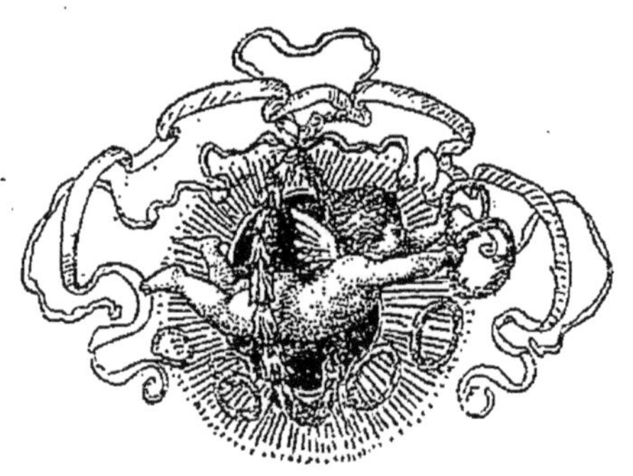

NAÏVETÉ

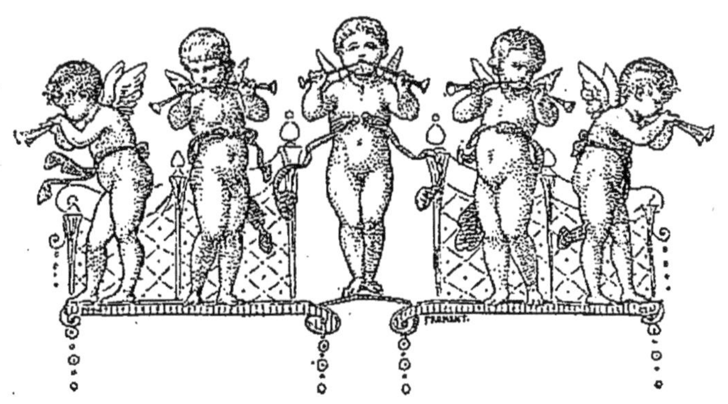

NAÏVETÉ

—

Ou le père a passé, passera bien l'enfant,
Dit une célèbre romance.
Dame ! assez généralement
C'est par là même qu'il commence.

FLEUR DES CHAMPS

FLEUR DES CHAMPS

ERRETTE allait partir pour le marché voisin :
Sur son âne, on avait installé son coussin,
Et ses ordres donnés, la duisante fermière
Tendait enfin le pied au premier valet, Pierre.

Il faisait chaud alors, c'était en plein juillet ;
Les blés en se berçant jaunissaient dans la plaine,
Le ciel était d'un bleu sans tache, et le grillet
Chantait à tout venant ses amours et sa peine.
Accorte et bien tournée, un blanc mouchoir au cou,
La dame témoignait de sa coquetterie.
Aux femmes, cela vient en naissant, Dieu sait d'où !
En somme, à ses vingt ans, à sa mine fleurie,
Un bonnet, surmonté d'un nœud frais, seyait bien.

Mais comme des dessous personne ne voit rien,
Qu'il est bon, en été, de se mettre à son aise,
Que le bas, hors l'hiver, est, ne vous en déplaise,
Un pur objet de luxe et fort hors de propos,
Perrette n'avait rien qui doublât ses sabots
Hors ce revêtement que donne la nature,
D'autant plus précieux qu'il ne craint point l'usure.
Ce détail divulgué, je n'ai plus à prouver
Comment la dame dut montrer, pour s'enlever,
Un mollet rebondi, nerveux, tendu de rose.
Le Pierre, gros malin, s'aperçut de la chose,
Et déployant ce rire aux vrais farceurs commun,
S'écria tout gaillard : « Pardieu, notre patronne,
J'en ai bien vu des bas, mais j'en connais pas un
D'aussi joli tissu, ni d'étoffe aussi bonne !
— Jolie, eh oui ! mais pas si bonne que tu crois,
Répond Perrette avec une candeur suprême,
    Car j'ai la culotte du même,
Eh bien ! elle est percée en deux endroits ! »

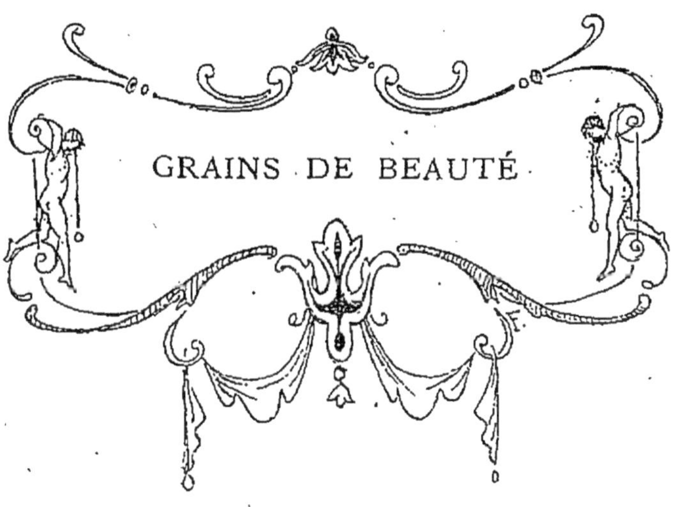
GRAINS DE BEAUTÉ

GRAINS DE BEAUTÉ

Les grains, dits de beauté, si jolis au visage,
Ont un pendant, dit-on, en lieu que femme sage
Ne saurait décemment montrer qu'à son mari,
Non qu'il le faille, au moins ; car ce n'est point écrit
Dans le contrat, pour l'ordinaire,
Et ce n'est point non plus fait de réflexion,
Toutefois, en l'occasion,
Il est permis de laisser faire,
Considérant qu'à tout propriétaire
C'est désir naturel, légitime d'ailleurs,
Qu'aimer de temps en temps visiter son domaine.
N'y contredites point. Accédez-y sans pleurs,
Pour un grand bien, souvent, c'est fort petite peine !

Au temps jadis, donc, un baron,
Gaillard peu scrupuleux, mais fort joyeux luron,

Ayant appris le fait qu'exhume ce poème,
De sa réalité voulut juger lui-même.
Il assemble ses gens, un dimanche matin,
Les arme et s'en fait suivre au village voisin
Dont, ce dit jour, on célébrait la fête.
Les bons vassaux dansaient sous la coudrette.
On les entoure en un instant,
Puis on partage en deux le troupeau malcontent :
Dans un champ les maris, dans l'autre les épouses,
Auxquelles, pour peu qu'elles soient jalouses
De conserver leurs jours et ceux de leurs époux,
Il est enjoint de se couvrir la tête,
De tous leurs cotillons, de tous !
Sans une arme, que faire, hélas ! dans la défaite,
Il n'est qu'une ressource : obéir au vainqueur !
On s'exécute à contre cœur,
Et dans le champ, que maint pleur mouille,
Surgit soudain mainte citrouille.

Je ne crois pas qu'on ait bien scrupuleusement
Des grains noirs du recto fait le dénombrement
Pour avoir du verso l'exacte statistique.
Les seigneurs n'avaient point l'esprit mathématique.

Pourtant, édifié : « Mes gars, dit le baron,
Sans y toucher, que chacun reconnaisse
Sa femme dans le tas. Pour cela, je vous laisse
Quinze minutes, puis après, ceux qui n'auront
Pas distingué leur bien, seront pendus,

Allez ! » — Voilà mes manants éperdus,
Qui de ci, de là, cherchent, errent,
Vont, reviennent, retournent, flairent,
Mais ils avaient beau regarder !
Et plus d'un se dut faire aider
De quelque ami célibataire,
Et lui dire encor, pire affaire !
Le baron l'ordonnant ainsi,
Lui dire encore un grand merci.

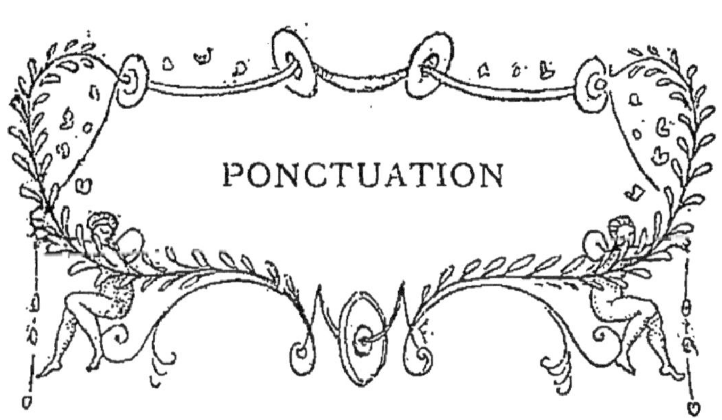
PONCTUATION

LEÇON DE PONCTUATION

—

Le logis était simple, humble, paisible, honnête.
Le jour apparaissait, une lueur discrète
Traversait les rideaux de crétonne fanés,
Deux pastels entourés de cadres surannés
Sous leurs tons effacés avaient peine à sourire,
Et, sur la cheminée, une pendule empire
En datait l'origine à quelque cinquante ans.
Les époux, bien couverts, ridés, presque impotents,
Sous le mol édredon, étendus côte à côte,
Devisaient, papotaient, parlaient du bon vieux temps :
“ Phœbus était plus chaud, la chambre était moins haute,
Le monde aussi plus gai, les chemins plus aisés.
Tout dégénère hélas ! Te souviens-tu, ma bonne ?
Et sur bien des plaisirs nous n'étions pas blasés !
Tu me disais : Chéri ! Je répondais : Mignonne !

Et nous étions gaillards ! Eh ! Eh ! Te souviens-tu ?... "
Au milieu de ce flot de douce souvenance,
Eternellement frais, sans cesse rebattu,
Le vieillard reste court, puis, après un silence :
" Oh ! j'étouffe ! mon point ! — Tu souffres, mon ami ?
— Oui, oui, mon maudit point !... — Où loge ce barbare "
Et la vieille tâtant : " Est-ce point par ici
Est-ce là ? " Cependant sa tendre main s'égare,
Si bien qu'elle rencontre, à chercher en tous lieux,
Certain endroit sensible, autrefois chatouilleux :
" Eh ! là ! là ! dit alors le mari qui recule,
Ce n'est pas le point, bonne... hélas ! c'est la virgule ! "

LE CRABE

LE CRABE

CRABE, monstre hideux, oh! araignée énorme,
Fourbe et cruel, ainsi que tout être difforme,
Sous ta cuirasse épaisse on n'a jamais trouvé
Trace de cœur ; tu vas seul, en vrai réprouvé ;
Ton œil sombre toujours darde un regard farouche,
Jamais un mot d'amour n'est sorti de ta bouche......
Enfin tu fais, de toi sans dire tant de mal,
Incontestablement un vilain animal.
Je n'ai jamais connu dans ma longue carrière
Qu'un Marseillais qui l'ait joué dans sa colère.
Encor ne suis-je pas absolument certain
D'un conte, qui peut bien mentir étant lointain.
L'histoire, d'autre part, est déjà fort ancienne,
Puis, ce n'est pas objet à broder antienne,
Et j'hésite, vraiment, sur ce plat un peu gras,

A modeler des vers dont je sais l'embarras.
Bah ! Bouchez-vous les yeux et vogue l'aventure !

*
* *

Notre homme donc allait... contempler la nature,
Chaque matin, au port. C'était un doux moment ;
Calme, ses yeux vaguaient de l'onde au firmament,
De la mer azurée au ciel bleu qui l'azure ;
L'aspect de l'infini prête au recueillement !
Pour saluer l'aurore, avant d'ouvrir boutique,
Il prenait en tout temps sa course hygiénique.
Partait-il même avec l'air pressé, soucieux,
Toujours il revenait souriant et joyeux.
Depuis peu, toutefois, un singulier problème
Le tourmentait : sa place était toujours la même
Car il l'avait choisie avec un soin extrême,
Bien au soleil levant, loin des yeux indiscrets,
Sous un roc en surplomb, garni de gazon frais.
C'était, pour dire tout, un vrai nid de poète
Et certes, il n'eût pas échangé sa retraite
Contre un trône, eût-ce été celui des Pays-Bas.
Or, depuis quelque temps — aventure obstinée !
Il ne retrouvait plus la trace... de ses pas.
— " Pourtant, se disait-il, la Méditerranée
Est une mer à la sagesse surannée,
Elle ne monte point, comme ces mers du Nord !
Et craindrait, en bougeant, d'abandonner ce bord.

Comment se fait-il donc qu'à présent disparaisse...
Voyons donc ! Rien ! en vain je m'approche et me baisse !
Bizarre ! Mais voilà déjà qu'il se fait tard,
Nous saurons le fin mot, demain ! Foi de Bompard ! "
Comme il parlait ainsi, tout près de l'onde amère,
Il voit dissimulé, blotti sous une pierre,
Un crabe qui, de l'œil, suivait son mouvement,
Et semblait supputer l'instant et le moment.
Or, notre homme, ayant fait quelques pas de retraite,
Se retourne et le voit sortir de sa cachette
Et gagner, au galop de son pied biscornu,
Le coin chéri, le point de halte bien connu.
L'homme aussitôt comprend ; de sa voix expressive
A l'accent embaumé, fleurant l'huile d'olive :
— " Ah ! c'est toi, mon mignon, ne te refuse rien !
Mais tu pouvais le dire ! en somme, c'est mon bien.
L'attention du moins aurait été courtoise,
Ce n'est pas pour si peu que je chercherai noise.
Toutefois pour t'apprendre à vivre, mon petit,
Je vais t'en servir un de ma façon... C'est dit !
Eh ! té ! C'est le printemps, l'occasion est bonne ;
Bouge pas... Tu vas voir, moi, si l'on me... friponne.

*
* *

Mais c'est assez. C'est trop, vraiment je n'oserai,
Ou moi-même jamais je ne me relirai.
Passons, ami lecteur, à des sujets plus dignes
De tes rares instants et des muses insignes.

* * *

Un jour un bon bourgeois d'un sien ami reçut
Un panier, il l'ouvrit et dedans aperçut
Un amas de plastrons et de pattes grouillantes ;
C'était un lot nombreux de ces bêtes méchantes
Bonnes à peine en sauce et dont je racontais
Un fait d'armes plus haut sur lequel je me tais.
Notre homme, sans tarder, les porte à la cuisine,
Et vous les précipite au fond d'une bassine
Pleine d'un chaud liquide ardemment épicé
Où tout barbottement eut bien vite cessé.
Un de ces animaux, cependant, pris d'un doute,
Avait trouvé moyen de s'échapper en route;
Et de gagner un coin, qui fut, à ce que dit
Béroalde, l'endroit où se trouvait le lit.
Tout frémissant d'avoir évité le supplice,
Il s'y tient coi. Le soir, notre bourgeois se glisse
Dans ses toiles, avec sa femme auprès de lui,
Non sans avoir pris soin, pour accomplir sa nuit,
De se mettre à l'abri de tout réveil maussade,
Par l'oraison propice à l'intime naïade.
Bientôt tout fut éteint, le silence se fit,
Et, du sein de la nuit profonde, on n'entendit
Qu'un bruit lent, régulier, monotone, sonore,
Qui se repercutait toujours jusqu'à l'aurore.
L'animal rassuré, croyant le ronflement
Causé par des galets roulés incessament,

Attiré par ne sais quelle effluve marine,
S'élance de son coin et, gaillard, s'achemine
Vers l'endroit d'où venait le courant d'air salé.
Ah ! comme en terre ferme il serait mieux allé
S'il eût, du lac cherché su l'abord difficile,
Non que de s'y plonger il ne lui fût facile,
Mais, ainsi que d'une île escarpée et sans bords,
Il ne put de dedans se remettre dehors.
Ses pattes, que secoue un bizarre exercice,
Ne trouvent que les flancs polis du précipice;
Enfin, morne, confus, accablé de son sort,
Voyant l'inanité de sa pénible lutte,
Immobile, il attend patiemment la mort.

Mais à d'autres destins il devait être en butte.

Au milieu de la nuit, l'épouse du bourgeois,
Qui rêvait bois ombreux, se lève en tapinois,
Cherche à l'endroit connu le réservoir propice,
Et... ce ne fut qu'un cri. L'animal, sur qui glisse
Un plus tiède courant, revenu de la mort,
Etend ses bras armés, tente un suprême effort,
S'agite en tous les sens et sans vouloir démordre
Saisit ce qu'il rencontre. A cet affreux désordre,
Monsieur surgit, s'informe, et tache de savoir
Aux mots incohérents l'objet du désespoir.
Madame, toute folle, à peine peut s'étendre,
Plus qu'à moitié pâmée et lui faire comprendre
Le lieu de l'attentat. Or — c'était fait exprès —

Le bourgeois, par malheur, n'y voyait que de près.
D'un myope à ne pas apercevoir son verre
Quand il buvait. Il prend ès mains une lumière,
S'approche... encor plus près... ce furent d'autres cris
Quand aussi, par le nez, Monsieur se trouva pris !
Vous pensez s'il comptait trouver pince en la place !
Ah ! malheureux époux, malheureuse disgrâce !
Hans Carvel en ton lieu fût resté convaincu,
Et plus d'un eût donné de la vue un écu,
Que tu goûtais pour rien, hormis qu'en cette alarme
L'obligation seule en sortait tout le charme !

*
* *

Bon ! me voilà parti de rechef sans penser
Où la muse en jouant peut me faire glisser.
L'histoire a cependant sa morale pratique.
Mais laissons les époux et leur pose tragique,
Sans nous appesantir, et revenons plutôt,
Puisque ça tourne mal, au conte de tantôt.

*
* *

Donc notre Marseillais ourdissait sa vengeance ;
Dans ce but... Souffle-moi, Dieu de la réticence !
Enfin il ne sortit le lendemain matin
Que lesté d'un bouillon à rafraîchir le teint.

Il gagne, un peu pressé, sa place habituelle.
Plus longtemps voit la mer et la trouve plus belle,
S'apprête à s'en aller, en guignant en dessous
Son hôte accoutumé, fidèle au rendez-vous,
Il le voit, pince en l'air, sortir de sa retraite :
" Chacun son tour, pichoun ! Hein ! je te l'avais dit !
Va ! tu peux te brosser le ventre, mon petit,
Si tu n'as pris que ta foursette ! "

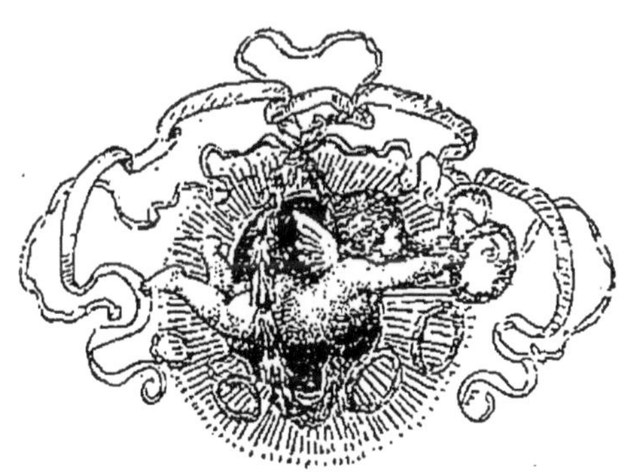

LE SERMON

LE SERMON

Certain curé du pays de Touraine,
Joyeux chrétien, donc chrétien gallican,
Porteur, sous froc, d'une ronde bedaine,
Témoin discret d'un zèle capricant,
Au gré commun administrait sa cure,
Sans trop bourrer dans une austère ardeur
Tous ces faux pas de l'humaine nature,
Dont l'équilibre est un si dur labeur
A qui le veut, selon nos saints modernes.
Je n'aime point, pour ma part, ces prôneurs,
Tonnants et secs ou sucrés et padernes,
Suivant l'amorce à jeter dans les cœurs.
Vous m'entendez ?. .
Or donc, en son église,
Un beau dimanche, en veine d'un sermon,

Dom Janot prit pour thème : Gourmandise.
Jamais discours ne fut plus beau, dit-on.
Il était plein de son sujet, je pense,
Car il trouva maint touchant argument.
Ce fut enfin un vrai coup d'éloquence
Qui fit beaucoup d'effet, sur le moment.
Ah ! Lucifer, Astaroth et consorts
Eurent beau jeu pour travailler les morts
Feu gros mangeurs, les bonnes, leurs complices,
Voire troubler de leurs noirs maléfices
Les nuits de ceux qui mésusent d'épices,
Tenter le faible et terrasser les forts !
Prise de peur, aussi, la gouvernante
De l'orateur courut à la maison
Où mijotait, dans une tiède attente,
Un des péchés que visait l'oraison.
“ Or sus ! Dehors tous ces mets diaboliques,
Monsieur l'a dit, plaisir de garnements,
Œuvre d'enfer, et source de tourments,
Chez mons Satan... sans parler des coliques.”

***

Pendant ce temps, modeste dans sa gloire,
Notre dompteur de suppôts de Satan
Rentrait chez lui d'un pas vif, content
D'abord d'avoir fait œuvre méritoire,
Puis — car il sait les talents de Victoire —

Peut-être aussi du repas qui l'attend.
Il s'en va donc, sur la route poudreuse,
La lèvre humide, yeux mi-clos, semblant voir
Toujours plus près bécasse savoureuse,
Truite rosée et brûlant café noir ;
Tout est à point, tout flatte sa narine,
Il n'en doutait, même avant de passer
Par devant l'huis baillant de la cuisine
Dont le parfum le vint lors caresser.
" Allons, ma fille, il est l'heure et c'est fête.
Tu m'attendais ! Voici la table prête !
C'est trop de soins ! Vraiment, je te le dis
Tu me perdras ! " Non, Victoire est honnête,
De tous remords sa conscience est nette.
Et bouilli froid, entouré de radis,
N'est pas pour nuire au seuil du paradis !

*
* *

Fâcheux discours ! Plus fâcheuse éloquence !
Oh ! déplorable improvisation !
Comme Jeannot eût gardé le silence,
S'il eût prévu telle conclusion !

*
* *

— Que penses-tu de m'apporter, ma fille,
Ton déjeuner. N'as-tu rien de meilleur ?
Ce n'est point temps d'abstinence, et je grille

D'honorer mieux le saint jour du Seigneur !
— J'avais compris, répond-elle surprise,
Quand tout à l'heure, en un si beau discours,
Vous gourmandiez si fort la gourmandise...
— Ma pauvre enfant, te faudra-t-il toujours
Par un exemple expliquer ma pensée ?
Cette soirée, en si beaux cotillons,
L'autre dimanche, où l'as-tu donc passée ?
— A voir danser fillettes et garçons ;
Monsieur sait bien, c'était fète au village.
— N'as-tu pas vu fifres et violon,
Suant, soufflant, s'escrimer, faire rage ;
Dansaient-ils eux qui faisaient danser ? — Non.
— Eh bien ! voilà la glose et sa pratique :
Vous dansez, vous... moi, je fais la musique.

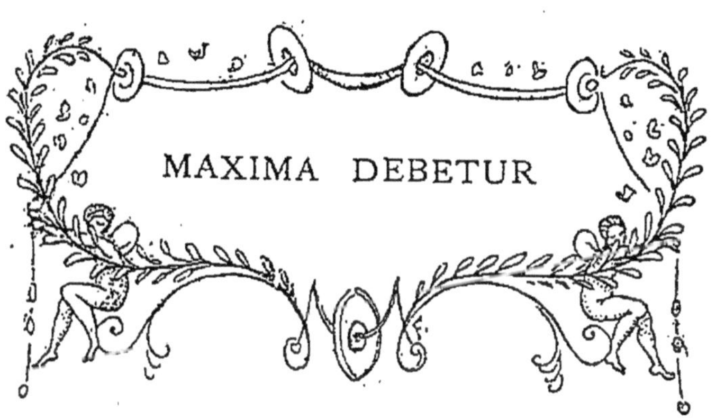
MAXIMA DEBETUR

MAXIMA DEBETUR

La curiosité naturelle à l'enfance,
Nous oblige parfois à bâtir un roman
Explicatif. L'enfant y croit ingénument
Et du mensonge ainsi souvent tire vengeance

Bébé grave, pensif, et les sourcils froncés,
Médite les devoirs, maintes fois énoncés
Sur son rôle d'aîné, lorsque son petit frère,
Dans les choux du jardin, émergerait de terre !
Or la récolte est faite et Bébé, dans son coin,
Songe, et tient dans ce but son menton dans son poing.
Près de lui, cependant, l'enfant qui vient de naître
Fait l'objet des discours et sur le petit être
Chacun donne son mot : " Qu'il est beau ! Qu'il est fort !

De qui tient-il le plus ? " — Car on tombe d'accord
Que du père il n'a pas la moindre ressemblance.
Bébé lève la tête et rompant le silence :
« Mais le chou sous lequel maman l'a récolté,
Peut-être n'est-ce point papa qui l'a planté ! »

CONTRESENS

CONTRESENS

—

Parmi plusieurs chefs-d'œuvre anciens,
Destinés à servir de modèles aux siens,
Un sculpteur possédait un superbe exemplaire
De l'Apollon du Belvédère.
C'était avec un soin jaloux
Un culte vrai pour sa forme parfaite
Qu'il le conservait entre tous.
Chaque jour à le voir c'était nouvelle fête,
Il le saluait au lever,
L'examinait de droite à gauche,
S'exclamait, jurait d'arriver,
Et, transporté, commençait mainte ébauche
Pour atteindre au plus tôt l'idéal souhaité.
Notre homme avait pris femme, un ange de beauté,
Depuis deux ou trois mois à peine.
Candide, innocente, sereine,

Elle avait su garder son ingénuité,
Dans ce temple de nudité,
Et sans fausse rougeur, sans coupable pensée,
Sans perdre rien de son rire enfantin,
Y pourchassait, chaque matin,
La poussière, en la nuit, sur le marbre amassée.
Un jour en l'absence du maître,
Voyant sur l'Apollon paraître,
Quelques grains noirs restés en dépit de ses soins,
Elle en époussetait de nouveau tous les coins,
Quand d'un coup un peu vif, juste au plan de jointure,
Elle brisa son... la vigne y pousse, en sculpture,
Tremblante, en songeant au courroux
Que ne manquera pas d'éprouver son époux,
Vite, elle va chercher dans l'armoire voisine
De quoi porter remède au coup qui la chagrine.
Or fut-ce par l'effet de ses émois divers ?
Elle remit l'objet déconfit à l'envers :
Je veux dire qu'au lieu de regarder la terre,
Il semblait défier les puissances des cieux.
Arrive à ce moment le sculpteur radieux
De quelque achat du ministère,
Voire de l'échec d'un confrère ;
N'importe ! il court à son salon,
Et reste stupéfait devant son Apollon.
« Hein, quoi, lui ! lui !! du marbre ! Eh ! que dit le proverbe !
Miracle ! Paros s'est fait... tout comme le Verbe.
Mais comment expliquer ceci ?
Une femme sera, pour sûr, entrée ici ! »

La sienne qui, contre la porte,
Durant cet aparté se tient à demi morte,
Croit le moment d'intervenir à point
Et s'élançant : " Oh ! ne te fâche point.
En essuyant, je l'ai cassé ; j'ai cru bien faire
De le raccommoder, au mieux, à ma manière. "
Alors lui, riant aux éclats :
" Mais, mignonne, ne vois-tu pas
Quel... contresens tu viens de faire ?
Regarde les autres, ma chère !
— Tiens ! Je n'avais point fait attention ici,
Et croyais bien, entre nous, au contraire,
Ne l'avoir vu jamais qu'ainsi. "

MIEUX QUE LA LAISSE

MIEUX QUE LA LAISSE

Comment fais-tu ? disait Rose à Betty,
Jamais sans toi ton mari ne se montre,
A peine entré chez nous, le mien est reparti,
Et si parfois monsieur en ville me rencontre,
Bien loin de m'aborder, de me tendre la main,
Froidement il s'incline et poursuit son chemin.
Le soir, quand il n'est pas à son cercle, au théâtre,
Au lieu de me donner un instant, près de l'âtre,
Pour causer, en prenant une tasse de thé,
De Bébé, de ses jeux, des miens, de ma santé,
Il prétend qu'écrasé sous le poids des affaires,
Dix heures de repos complet sont nécessaires
Pour rétablir en lui l'équilibre troublé.

Monsieur ne se tient plus : il est mort, accablé !
Ses affaires ! menteur ! ! ! et puis, qui n'a les siennes !
Et n'ai-je pas aussi les miennes ?
En trois ans d'union, Seigneur ! qui l'aurait cru !
En un mot je m'ennuie,
Seule, n'ayant jamais rien fait pour qu'il me fuie.
Mais pour que ton mari ne coure, que fais-tu ?
— Moi, dit Betty devenue écarlate,
Mon Dieu... chaque matin, je lui casse la patte.

LE CLOU

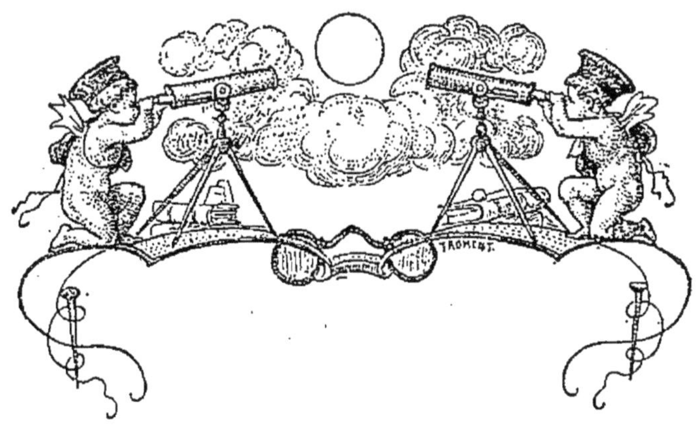

LE CLOU

Lisette jeune femme, aussi belle que sage,
Se vit affligée, un printemps,
— La sève émerge alors en bourgeons éclatants —
D'un cruel furoncle à... l'opposé du visage.
Elle souffrit en silence d'abord,
Sans rien y faire et sans rien dire,
Mais quand le mal fut dans son fort,
Pour atténuer son martyre,
Elle dut recourir à maints expédients,
Cataplasmes, émollients,
Emplâtre d'un commun usage,
Crème de riz, lin savoureux,
Ornèrent tour à tour le punctum douloureux.
Hélas ! Elle appelle à son aide,
En vain liniments et remède,

Tous ses efforts sont sans succès.
De se guérir la belle grille.
Mais à qui parler de l'abcès ?
Au vieux médecin de famille,
Il ne faut certes pas songer.
De quel air, sans mourir de honte,
Le supplier d'envisager,
Cè que ce clou navrant surmonte !
De tel objet, sans déroger,
On ne peut vraiment faire montre
A nul autre qu'un étranger,
Que plus jamais on ne rencontre.
Ainsi conclu, sans nul retard,
Lise se voile, et part en quête
Loin de chez elle, et sur le tard,
S'arrête au seuil d'un toit honnête.
Elle s'informe ; le portier
Lui dit qu'elle tombe à merveille :
Deux docteurs logent au premier.
Chez l'un d'eux elle entre, vermeille ;
Celui-ci l'engage à s'asseoir ;
Elle s'y refuse, et pour cause :
" Oh ! dit-elle, tandis que sous le voile noir
Son visage passait par tous les tons du rose,
Je souffre trop cruellement ;
Accordez-moi vos bons offices.
Sans vous décrire mon tourment,
Je vais éclairer vos services,
Et vous montrer,

Sans différer,
Ce qui sera plus explicite,
L'objet brûlant de ma visite ! "
Elle dit, tourne, et prestement
Découvrant le point qui l'afflige,
Met au grand jour, en s'inclinant,
L'orgueil de Vénus Callipyge.
Le docteur alors gravement
Sur son nez pose ses lunettes,
S'approche, juge, et chastement,
Rabaissant toiles et finettes :
" Je vois bien ce que c'est, madame,
Et compatis du fond de l'âme
A vos douleurs : tel ornement,
Sur un objet aussi charmant,
Est d'une indiscrétion rare :
Il le désole, il le dépare ;
C'est trop d'un mal assurément.
Mais ce n'est point là ma partie,
Et malgré ma meilleure envie,
Je n'y puis malheureusement
Apporter nul soulagement.
Il faut, en face, à mon confrère,
Aller porter votre... prière ;
Car moi,
Je suis docteur en droit. "

LE PHILOSOPHE

LE PHILOSOPHE

On a souvent besoin de moins savant que soi.
Tel qui peut à bon droit se targuer de science
S'estimera content, dans un moment d'émoi,
D'avoir, pour les naïfs, usé de bienveillance.

* * *

Certain philosophe pédant,
— Comme on n'en voit plus maintenant —
Grave, sur un bateau traversait la rivière,
Qui courait bavarde et légère
Entre sa retraite et le bourg
Où, chaque jour,
Il montrait les beautés de la philosophie
A des écoliers
Ennuyés.
Chaque jour, la leçon finie,

Il revenait couvert de gloire
D'un combat où Morphée assurait sa victoire.
A son mérite étincelant,
Tout premier il rendait justice.
" Je sais tout, disait-il ; avant que je naquisse
Quel homme fut un vrai savant ?
Chacun se renfermait dans une sphère étroite.
Entre les courbes et la droite,
Celui-ci limitait son goût ;
Un autre était poète, un autre moraliste ;
A quoi bon épuiser la liste ?
Seul je sais tout !
Maraud, dit-il au batelier,
Connais-tu la philosophie ?
— De ma rame et de l'épervier
Je nourris mes enfants, ma mie,
Et suis heureux. — Tu perds la moitié de ta vie !
Du moins, sous les savants portiques,
N'as-tu pas entendu parler
Des vers ou des mathématiques ?
— Ma foi, le poisson pris, je peux bien le saler
Pour les jours de pêche mauvaise,
Mais ne sais ce que sont tous ces savants métiers.
Depuis plus de cent ans nous sommes bateliers
Pêcheurs, de père en fils, et nous sommes à l'aise.
S'il plaît aux dieux,
Mon aîné ramera quand je serai trop vieux.
— Malheureux, mais tu perds les trois quarts de ta vie ! "
Soudain du Nord, avec furie,

Le vent s'élance, et dans l'instant
Jette au courant
Pêcheur, savant,
Rame, épervier
Et bateau dont le bois crie.
“ Sais-tu nager ? dit au pédant le batelier.
— Non ! à l'aide... — Alors, toi, tu perds toute ta vie. ”

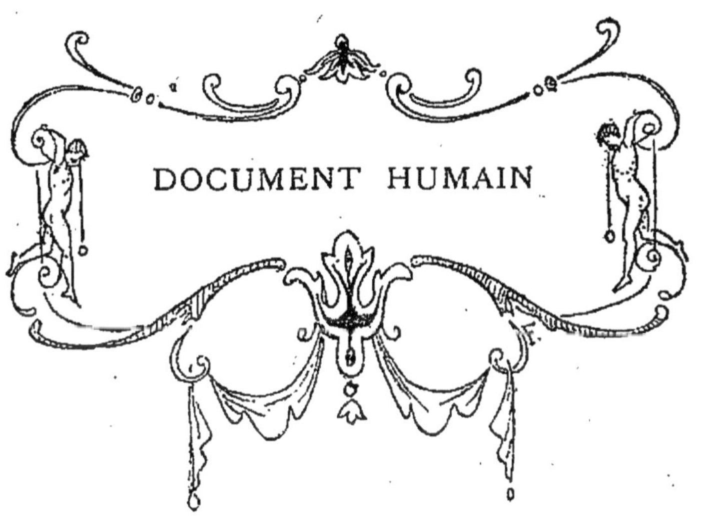
DOCUMENT HUMAIN

DOCUMENT HUMAIN

MÉFIEZ-VOUS, amants, les murs ont des oreilles,
Je l'ai montré déjà dans un de ces récits ;
Je pourrais citer cent aventures pareilles,
A l'appui de ma thèse enseignements précis ;
Mais il faut varier. Cependant certain conte,
Que naguère on m'a dit, n'est pas à négliger :
Pour cette fois encor, j'y reviens et je monte,
Sans plus amples façons, mon Pégase léger.

Si, dans les cas discrets, le besoin vous torture
D'exprimer les ardeurs qui vous brûlent les sens,
Si vous n'arrivez pas à vaincre la nature,
S'ils vous faut de doux noms, d'adjectifs séduisants,
Hâter la griserie en ce qui vous occupe,
Que ce soit en discours à tout autre inconnu ;
Quiconque parle trop, de sa langue est la dupe.
Namouna le savait, le fameux pacha nu,

e pouvant se taire, il ne faisait entendre
des termes obscurs, verbes incohérents,
d'interjections impossible à comprendre
ıe nul après lui surtout n'aurait pu rendre,
que, sous le pommier, à nos premiers parents
dut, j'imagine, affluer sur les lèvres.
e est compagnon infaillible de fièvres,
ɔn peut regretter les élans les plus doux.
ıi vaut mieux encor, croyez-moi, taisez-vous.
c'est assez causer sur ces transports des âmes.
! les moins éloquents ne sont pas les plus sots,
a brèche d'ailleurs faits valent mieux que mots :
ırole n'est rien... N'est-il pas vrai, Mesdames ?
ons à l'exemple.
On finissait l'été ;
ıit aux bains de mer. Vous avez tous été
ɜr une saison sur ces plages normandes,
ges inconnus, malaisés, cités grandes
me un nid de fourmis, renfermant bien en gros
:re cents habitants, en hiver. Aux temps chauds
ɔrgeant d'amateurs naïfs. Quelque bicoque,
tte occasion, a changé de défroque,
ses murs enfumés posé du papier gris,
vitres des rideaux, nettoyé ses lambris,
'un pompeux hôtel pris l'alléchante enseigne ;
:st mal à manger, à dormir, on vous saigne
; ces bourgs affamés comme en nul autre endroit,
, douce illusion, c'est mesquin, on s'y croit
en meilleur marché qu'en aucune autre ville,

Dieppe, Cabourg, Fécamp, Etretat ou Trouville,
O candeur! Enfin là n'est point notre sujet.
Donc en ces bords heureux, cet été là, logeait
Un couple frais noué. Dans l'étroite chambrette
Qu'il occupait, c'était une éternelle fête.
A toute heure du jour, avant, après le bain,
Qu'il fit mauvais ou beau, qu'il fût soir ou matin,
On y chantait même air et semblable refrain.
Baisers allaient leur train, entrecoupés par place
D'interrogations, d'aveux qu'on ne se lasse
D'entendre ni de dire. Or ce brillant concert
N'était pas, par malheur, joué dans le désert :
Derrière la cloison, feuille mince et sonore,
Comme en la chambre même on l'entendait encore.
Et derrière ce mur logeait, pour le moment,
Un artiste en congé, franc mauvais garnement.
Parisien blagueur, sacripant fort aimable,
Il présidait à tout, il découpait à table;
Pardonné pour sa verve, on riait de ses jeux,
Dont n'osaient se fâcher même les plus grincheux.
Vous pensez s'il perdait note de la musique
Lorsqu'elle devenait un tantinet comique,
N'ayant, en somme, à nul engagé le secret,
Il ne se gênait point pour faire, l'indiscret!
Partager le sujet de sa gaîté coupable
Aux amis de hasard vers lui placés à table.
Or, il advint ceci : qu'il entendit, un soir,
Une voix mâle et forte, aux accents pleins d'espoir,
Qui susurrait, sans doute accompagnant du geste

ı discours, par lui-même explicable de reste :
A qui ceci ? Pour qui cela ? — Pour mon Armand,
pondait une voix plus douce tendrement... "
foi, tout y passa ; vous supposez, je pense,
ns plus ample discours, ce qu'en la circonstance
peut, sans rien omettre, inventorier ainsi.
lendemain, ce fut un rire sans merci
rsque notre rapin raconta l'aventure...
document humain, o Zola ! si nature.
: pis fut que le soir, pour clore le repas,
ı rôti, l'on servit un poulet gros et gras ;
otre homme s'empara, selon ses habitudes,
e la bête, sujet de ses fortes études,
t coupant chaque membre avec dextérité,
se mit à crier, bizarre nouveauté !
Pour qui le blanc ? pour qui la cuisse ? pour qui l'aile ?
t chacun répondait à la mode nouvelle.
es époux se taisaient ; qu'importaient les rôtis !
our un monde meilleur tous deux étaient partis.
es membres enlevés, il restait sur l'assiette
a carcasse. Le peintre, au bout de la fourchette,
oulevant le morceau par les gourmets choisi,
oursuivit tendrement : " Voyons ! pour qui ceci ? "
t les époux distraits l'avaient compris à peine,
'ant de doux souvenirs ils avaient l'âme pleine ;
lais je laisse à penser quel fut leur agrément
orsque la table, en chœur, soupira : " Pour Armand ! "

LE BONNET A POIL

LE BONNET A POIL

—

ALLONS ! En route ! Il est l'heure passée ! Au lit,
Bébé ! Point de raisons. C'est maman qui le dit !
Va, c'est demain Noël ! Va, mignon, sois bien sage,
Et le petit Jésus viendra, suivant l'usage,
Mettre dans tes sabots, à minuit, ses présents !
Bébé doute ; pourtant Bébé n'a que six ans.
Est-ce déjà du scepticisme ?
En ce siècle de mécanisme,
A vrai dire, il n'est plus d'enfant.
Est-il curieux seulement
De voir le donateur légendaire en personne ?
Je ne sais, mais, sur l'oreiller,
Jusqu'à ce que l'heure fatale sonne,
Tout en fermant les yeux, il jure de veiller.

Sa mère, le croyant près de dormir, l'embrasse,
Passe
Dans ses propres appartements,
Se couche, et lit quelques moments ;
Mais avant qu'au sommeil elle n'ait succombé,
Elle veut disposer la récompense acquise
A la sagesse de Bébé.
Elle se lève, prend les pans de sa chemise,
Fait un sac du léger tissu,
Y met trompette au son aigu,
Tambour bruyant, armée en plâtre,
Et va porter le tout dans l'âtre,
Se figurant déjà son cher bambin
Montrer de cent façons son bonheur au matin.
Celui-ci s'est tenu parole
Et n'est point encore endormi :
Il ferme les yeux à demi,
Mais non sans voir, à tour de rôle,
Chaque jouet... et plus, car la fine chemise,
Pour cette circonstance, érigée en valise,
Ne pouvant bien remplir deux objets à la fois,
Ne couvrait qu'en partie ou pas du tout, je crois,
Ce qu'aucun mot classique ne désigne,
Ce..... qu'on est convenu de transformer en vigne.
Bébé, de bon matin, court ; plein de son sujet,
L'un après l'autre, il saisit chaque objet,
Il le retourne, il le secoue,
Puis s'écrie en faisant la moue :
" Où donc est-il ? où donc est-il ?

— Quoi, chéri, dit la mère, as-tu pas ton fusil,
Et ton tambour, et ton armée
Dont la boite est encore fermée ?
Ouvre-la ! — C'est pas ça que je veux, tu sais bien.
— En vérité, je n'ai plus rien !
— Mais si ! d'abord, je t'ai bien vue
Lorsque, dans ma chambre venue,
Cette nuit tu portais tout là.
Je veux le bonnet à poils, na ! ! !
— Oh ! ça, chéri, répond la mère,
C'est le Noël à petit père. "

LE FROMAGE

LE FROMAGE

—

Martin, depuis trente ans, débitait du fromage.
Il était arrivé pauvre de son village,
Résolu d'amasser ; et, sa femme l'aidant,
Il avait fait son sac, plus un enfant.
Sa compagne mourut ; le fils, à la boutique,
Vint s'exercer à la pratique
D'unir à la balance un pouce complaisant
Qui rapporte son cent d'écus, bon an mal an.
Toinon fut préposée aux soins de la cuisine,
Toinon, gaillarde Limousine,
Conçue au coin d'un bois quelque soir de printemps,
Incognito portée et trouvée en pleins champs.
Elle faisait les lits, le dîner et... le reste :
Bien en chair, pimpante, leste,
De fille c'était un beau brin,
Menant travail et joie avec le même entrain,

Jamais Martin n'avait joui de ménagère
De meilleur rendement, sauf que Toinon, pas fière,
Traitait père et fils aussi bien,
L'un pour... l'amour de l'art, l'autre... je n'en sais rien !
Mon fromager, au point où je prends cette histoire,
Dont la moralité notoire,
Est un régal promis à la postérité,
Aspire au repos mérité
Par un labeur traduit en espèces sonnantes,
Représentant en gros dix-huit cents francs de rentes.
Donc un matin, ayant revêtu l'habit noir,
Il appelle Toinon, vers lui la fait asseoir
Derrière le comptoir, où, sous cloches de verre,
Gisent Mont-d'Or, Roquefort et Gruyère,
Hollande à tranche blonde et Brie au jus crémeux,
Fait comparoir son fils, et tout majestueux,
Lui tient à peu près ce langage :
« Mon ami, je suis vieux ; tu te trouves en âge
De tenir boutique après moi.
Je n'ai depuis deux ans qu'à me louer de toi,
Et si je doute encore un peu de ta science,
N'accuse que mon âge, âge de défiance.
Qu'un rapide examen, dont tu seras vainqueur,
M'assure de tes soins à venir pour l'honneur
De ce nom qu'on admire en jaune sur la porte.
Mets ce bandeau sur tes yeux, de la sorte ;
Un bon marchand doit connaître à l'odeur
Les produits de son industrie.
Toinon sera juge assesseur.

Commençons. — Qu'est cela ? — Cela ? du Brie.
— Bien ! Et ceci — Du cœur
D'un Roquefort de deux ans de boutique
Mis à part pour la mauvaise pratique.
— Parfait !... Ceci ? — Du Camembert.
— Bien, mon fils ! bien, mon sang ! Dis-moi, Toinon, quel flair ! "
Pendant que d'une main le papelard questionne,
De l'autre, il interroge en tapinois la bonne ;
Fouille de ci, plonge de là,
Soulève ce fichu, trousse ce falbala,
Remonte en certain lieu pour descendre en un autre,
Si bien qu'enfin le bon apôtre
Fourre son doigt
En un endroit
Où l'on ne risque pas de fripper de cornette.
" Voyons, c'est le bouquet, qu'est ceci ? — Ça ?... Toinette ! "

HÔTEL DES VENTES

HOTEL DES VENTES

Pressentant le déclin d'une vie orageuse,
Ninon résolut, un matin,
De dépouiller sa grâce tapageuse
Et quitter sans bruit le festin
Avant que les bons plats ne manquassent à table.
De plus, pour bannir tout retour
Au passé désormais détestable
Et, de ses yeux l'écarter sans détour,
— Ermite volontiers s'improvise vieux diable
Prude souvent devient ex-prêtresse d'amour —
Elle fit annoncer à grand fracas la vente
De ses meubles dorés, de ses bijoux fameux,
Hommages somptueux, mais preuve trop flagrante
D'une complaisance... ou de deux.
Donc, en l'hôtel des Commissaires,
Sont étalés sur les dressoirs,

Classés sur les bahuts ou pendus aux patères,
Broches et bracelets, colliers et fins miroirs.
La foule entre, se précipite,
Surtout le sexe aimable, car il faut
Bien qu'il profite
(Etre un peu curieux, ce n'est point un défaut)
De ces occasions trop rares,
Pour avoir tel renseignement,
Tel détail, dont les maris sont avares,
Bien à tort à son sentiment.
L'une de ces fillettes d'Eve
Court à ces bijoux indiscrets ;
Et les retourne et les soulève,
Pensant y lire leurs secrets.
Mais apercevant l'étiquette,
Où figure la mise à prix,
" Oh ! dit à mi-voix la coquette,
C'est délicieux, exquis !
Mais c'est bien cher ! — Parbleu, Madame,
Lui répond un voisin qui, par hasard, l'entend,
Il ne tient qu'à vous, sur mon âme,
De les avoir au prix coûtant ! "

VENGEANCE

VENGEANCE

—

Se venger de la femme est une lâcheté.
Cependant, quand par elle on se trouve insulté,
Il est dur de garder, sans piper mot, sa honte.
Que faire en pareil cas ? Tel, dit homme d'esprit,
Reste coi, sans trouver de réplique assez prompte,
Et s'éloigne, quinaud, maugréant et contrit,
Comme un chien de cuisine accueilli par des chattes,
Qui file, oreille basse et queue entre les pattes.
Je connais un soldat, mais c'était un brutal,
Qui de semblable accroc se tira, point trop mal.

On jouait au salon, en brillante assemblée,
Chaque dame jugeant que tout gagner d'emblée
N'était que son droit strict. Cependant le hasard,

Aveugle déité, ne favorisait guère
L'une d'entre elles qui, pâlissant sous son fard,
Commettait mainte erreur. Mon grognard crut bien faire
De l'aider, à propos, d'un conseil salutaire.
Un conseil plaît à qui le donne, d'ordinaire,
Non à qui le reçoit : " Ne jouez pas ainsi,
Madame, ne jetez pas cette carte-ci ! "
Dit l'obligeant donneur d'avis ; mais la joueuse,
Déjà de ses échecs successifs furieuse,
Répond, avec l'appoint d'un plantureux soufflet,
Au malheureux cloué par un tel camouflet :
" Mêlez-vous donc un peu, Monsieur, de vos affaires. "
Du grognard déconfit les fibres militaires
Firent jaillir du coup tout son sang à son front.
Devant un tas d'amis subir un tel affront !
Et n'avoir pas un homme en qui passer sa rage !
Car pas un ne riait. A ce cruel outrage,
Chacun s'estimait fort heureux de n'être pas
Celui qui s'était mis en un si piteux cas.
Notre homme, morfondu, maudissant sa sottise,
Pestant, mordant les poils de sa moustache grise,
Se retire à l'écart. La dame cependant
Achève sa partie, et raide, s'éventant,
S'asseoit dans un fauteuil près de la cheminée.

La querelle semblait tout à fait terminée.
On reprenait déjà la conversation,
Quand l'ancien qui, muet, guignait l'occasion,
S'approche, prend la dame aux talons, la renverse,

Et tenant haut les pieds de sa partie adverse :
" Mesdames et Messieurs, dit-il, l'honneur réclame
Que chacun de vous puisse ici bien constater
Que l'insulte reçue est l'œuvre d'une femme. "

. . . .

Et personne n'en put douter.

TABLE

TABLE

ACHEVÉ D'IMPRIMER
par A. STORCK
DE LYON
pour A. DROUIN, Libraire-Éditeur
le 28 février 1883

www.ingramcontent.com/pod-product-compliance
Ingram Content Group UK Ltd.
Pitfield, Milton Keynes, MK11 3LW, UK
UKHW020347230726
13925UKWH00003B/1004

9 782014 078107